Tell me your sex secrets

Vorwort

Ich darf Sie, lieber Leser, zu diesem Buch beglückwünschen, denn Sie halten etwas Einzigartiges in Ihren Händen. Ein Buch voller Träume, Wünsche und Fantasien.

Fantasien sind wichtig. Sie beflügeln uns. Motivieren uns, wenn wir langsam unser Ziel aus den Augen verlieren. Sie sind aber auch Zuflucht, wann immer uns danach ist, sich zurückzuziehen. Was wäre der Mensch also ohne Fantasien, Wünsche und Träume? Er wäre innerlich tot.

Nehmen Sie sich deshalb Zeit und treten Sie ein in die traumhafte Welt der Liz de Fleur.

Sie

Ich komme zur Tür rein, schmeiße nur noch meine Tasche in die Ecke und du weißt, dass ich einen dieser echt bescheuerten und stressigen Arbeitstage hatte. Ich lasse mich entnervt aufs Sofa fallen. Du bist für mich da, umarmst mich von hinten und küsst mich zärtlich. Du weißt, dass mir das jedes Mal ein Lächeln ins Gesicht zaubert. Du sagst, dass das Wetter einfach traumhaft ist. Perfekt für einen Spaziergang mit anschließendem Picknick auf einer großen grünen Wiese ganz ungestört und allein. Ich habe eigentlich gar keine Lust, aber du lässt dich nicht beirren. Schließlich hast du den Picknickkorb bereits gepackt. Also ziehen wir los.

Wir reden, lachen und küssen uns leidenschaftlich. Wir sehen uns zusammen den sternenklaren Himmel an. Du versuchst Sternenbilder zu deuten und ich muss unweigerlich lachen, weil du mal wieder alberne Sternenbilder siehst. Ich kuschel' mich in deine Arme, höre dein Herz schlagen und schlafe kurz ein. Du streichst mir eine Strähne aus meinem Gesicht und küsst meine Stirn. Dieser Moment gehört nur uns beiden. [...]

Daniel und Diana

Das Wochenende mit Highlight

Daniel war eigentlich nur ein guter Freund, der mich übers Wochenende zu sich nach München eingeladen hatte. Er wollte mit mir ein wenig Zeit verbringen und mir natürlich auch endlich mal München zeigen. Bei ihm angekommen kochten wir Samstagabend zusammen und machten es uns anschließend auf seiner Couch gemütlich. Wir schauten uns einen Film an und blieben lange wach.

Es war schön. Ich war überrascht, dass Daniel sich so auf dieses Wochenende mit mir freute. Schließlich waren wir nur befreundet und zwischen uns lief nichts. Deshalb lehnte ich sein Angebot auch ab, allein sein Bett zu besetzen und ihn auf der Couch schlafen zu lassen. „Dein Bett ist doch groß genug und wir sind schließlich erwachsen, also komm schon. Die Couch ist viel zu unbequem. Ich verspreche auch nicht zu schnarchen", sagte ich und zwinkerte ihm zu. Daniel lachte.

Also schliefen wir nebeneinander in seinem Bett. Meine Nacht war unruhig und ich fand kaum Schlaf.

Eigentlich hatte ich mir ja frecherweise doch mehr erhofft. Ich wusste ja noch nicht, was mich am nächsten Morgen erwartete.

Ich wurde gegen zehn Uhr wach und sah, wie Daniel neben mir schlief. Ich stand auf und ging ins Bad. Als ich zurückkam war er bereits wach und ich fragte, ob wir nicht noch ein wenig liegen bleiben könnten. Er nickte. Also legte ich mich wieder hin und kuschelte mich in meine Decke. Innerlich feuerte ich Daniel an sich an mich zu kuscheln und seinen Arm um mich zu legen, in der Hoffnung er könne meine Gedanken lesen.

Nach einer gewissen Zeit spürte ich Daniel näher rücken und sein Arm schmiegte sich um mich. Durch seine Brust an meinem Rücken fühlte und „hörte" ich regelrecht sein Herz rasen. Es schlug so wahnsinnig schnell. Hatte er etwa Angst vor meiner Reaktion? Ich wusste, was kommen würde und ließ mich darauf ein. Meine Hand streichelte zärtlich seine. Wir wechselten uns ab. Er streichelte zuerst mein Gesicht und ich danach seines. Dann meinen Arm, meinen Bauch und ich seinen. Wir zogen einander die T-Shirts aus. Ich küsste seinen Hals und liebkoste seinen Nacken. Es fühlte sich gut an, fast schon vertraut. Wir ließen uns viel Zeit, auch weil ich mich zurückhielt und nichts überstürzen wollte. Nein, diesmal wollte ich jede Sekunde dieser Zärtlichkeiten auskosten.

Seine Hand wanderte immer tiefer meinen Körper hinab und erreichte meine Vulva. Zärtlich massierte er meinen Kitzler und ich stöhnte leise. Auch meine Hand glitt unter seine Shorts zu seiner immer größer werdenden Härte. Feucht von seinen Lusttropfen streichelte ich seine Eichel und massierte seinen pulsierenden Schwanz. Sein Stöhnen wurde lauter und erregter. Auch er wurde immer fordernder und führte gleich zwei Finger auf der Suche nach meinem G-Punkt in mich ein, den er mit meiner kleinen Hilfe sogleich fand. Ich wurde immer heißer, konnte es kaum erwarten, ihn in mir zu spüren. Das lange und intensive Streicheln machte die jetzige Spannung geradezu unerträglich. Ich konnte den Moment kaum abwarten, in dem er mich voll ausfüllen würde. Daniel schien es ähnlich zu gehen. Er beugte sich über mich, hinüber zu seiner Schublade und zauberte ein Gummi hervor. Ich entledigte ihn seiner Shorts und zog ihm das Kondom über. Daniel befreite mich mit einem Ruck von meinem Spitzenhöschen und ich musste grinsen. Als er wieder zu mir hochkam, küssten wir uns keuchend vor Lust. Ich öffnete meine Schenkel und ließ ihn in mich hineingleiten. Er führte seine harte Erregung bis zum Anschlag in mich ein und ich stöhnte vor Lust laut auf. Daniel begann mich zu stoßen. Erst langsam, dann immer schneller und fester. Die Spannung zwischen uns wurde immer unerträglicher. Wir waren so heiß aufeinander, dass wir es kaum aushalten konnten. Mittendrin hielt ich ihn an und schlug ihm einen Stellungswechsel vor. Ich drehte mich um, kniete mich hin und streckte ihm meinen Po entgegen. Er begriff und führte seinen nassen Schwanz von hinten vorsichtig in mich ein. Sein Stöhnen war so tief und übertönte meines, das ich dachte, er würde gleich schon kommen. Doch er stieß mich erst langsam, dann ein wenig schneller und versuchte seine Lust zu zügeln. Diese Stellung war so intensiv, dass es ihn wahnsinnige Anstrengung kostete, nicht sofort in mir zu kommen. Ich war ebenso erregt und voller Gier nach mehr Härte und Tempo, dass ich ihn geradezu anbettelte mich schneller und härter zu ficken. „Fester", stöhnte ich keuchend. Daniel hielt es nicht mehr aus und wurde jetzt schneller und schneller. Stieß mich immer härter und ich stöhnte noch lauter. „Ja, Daniel, ja, fick mich fester! Ich komme gleich." Ich spürte die Explosion immer näher rücken, sie raste geradewegs auf mich zu. „Ich komme mit dir, Diana", hörte ich Daniel keuchend sagen und dann fühlte ich die Flut der Explosion und schrie: „Ich komme, oh Gott Daniel, ich komme." Ich stöhnte, nein schrie geradezu laut auf und mit mir auch er, der sich im selben Moment in mir ergoss.

Wir beide sackten zusammen und ich spürte seine schweißgebadete Haut auf meiner. Sein Herz raste mit meinem um die Wette. Vorsichtig befreite er sich von mir und ging ins Bad.

Als er zurückkam, legte er sich zu mir und küsste meine Stirn. „Gehört das hier morgens immer zum Service?", grinste ich Daniel frech an. „Nur, wenn DU da bist, Diana", erwiderte er und küsste mich.

* * *

Josch und Jenny
Schlüssel oder Quickie?

Er hat mal wieder seine Schlüssel verlegt und sucht sie nun verärgert. „Josch", sagt Jenny. Er guckt genervt zu ihr und sagt: „Was? Hast du sie?" Sie tritt an ihn heran und versucht ihn zu besänftigen, weil sie bereits weiß, wo der Schlüssel sich versteckt. „Küss mich und ich sage dir wo sie stecken", fordert sie ihn auf. Er küsst sie flüchtig, aber das lässt Jenny nicht gelten und protestiert. „Das nennst du einen Kuss?" Nun grinst er und rollt mit den Augen. Sie liebt es ihn so um den Finger zu wickeln.

Manchmal sieht er bereits in ihrem Blick, was sie vorhat, aber heute will er nur nichtsahnend seine Schlüssel finden, damit sie endlich fahren können. Er nähert seine Lippen wieder ihren und küsst sie. Jenny erwidert den Kuss sanft und leidenschaftlich zugleich, gierig nach mehr. Ihre Hand wandert an seiner Jeans entlang zu seinem Schritt und streichelt dort das begehrte Spielzeug. Er löst sich von ihrem Kuss und grinst. „Du weißt, dass wir jetzt dringend los müssen. Warum bist du so ein Nimmersatt?", fragt er sie und Jenny merkt, sein Flehen in der Stimme, weil sie dafür angeblich keine Zeit haben. „Weil ich von dir einfach nie genug bekomme", antwortet Jenny ihm und presst ihren Venushügel gegen seine Erregung. „Und ich weiß rein zufällig, dass du mir nicht widerstehen kannst, wenn ich das hier mache…", flüstert sie ihm ins Ohr, während sie seine Hose öffnet und dann langsam auf die Knie geht. Ihm entführt ein leiser Seufzer vor Begierde und Verlangen auf das, was jetzt folgt. Jenny holt seine wachsende Härte hervor und schaut kurz zu ihm hoch, bevor sie sein bestes Stück in ihrem Mund aufnimmt. Josch stöhnt leise auf. Sie beginnt langsam mit dem Saugen und der Auf- und Ab-Bewegung, die ihm so gefällt und ihr erst recht. Wenn Josch so richtig heiß wird und anfängt immer heftiger zu stöhnen, macht Jenny das ungemein an. Sie liebt dieses Vorspiel. Ihm einen zu blasen entzückt sie jedes Mal, weil sie genau weiß, was ihm gefällt und dass sie ihn dazu bringen kann, relativ schnell dem Höhepunkt nahe zu kommen. Das macht Josch total wahnsinnig, aber er rächt sich bei Gelegenheit an ihr und spielt natürlich auch mit ihrer Lust. Bei diesem Gedanken wird Jenny spürbar feucht.

Joschs Stöhnen reißt sie wieder aus ihren Gedanken. Jenny nimmt seinen Schwanz noch ein Stückchen tiefer in ihren Mund auf und saugt genüsslich an ihm. Sein

Stöhnen wird kurzatmiger und mit seiner rechten Hand greift Josch in Jennys Haar, um das Tempo zu beschleunigen. Was er dabei aber vergisst ist, dass Jenny das auf den Tod nicht ausstehen kann und dann immer abrupt aufhört. Er fleht sie flüsternd an nicht aufzuhören, aber Jenny will ja auch noch ihren Spaß haben und kommt zu ihm hoch. Mit ihren noch von seinem Saft feuchten Lippen küsst sie ihn und nimmt dabei seine linke Hand, welche sie unter ihren Rock in ihr schwarzes Spitzenhöschen schiebt. Josch lässt seine Finger behutsam in sie gleiten und diesmal ist es Jenny die vor Entzücken aufstöhnt. Ein leises „oh ja" entfährt ihr. Es dauert nicht lange bis Josch ihren G-Punkt wiedergefunden hat und sie dort fingert. Jenny kann ihr lustvolles Stöhnen nicht mehr zurückhalten und krallt sich an seinem Rücken fest. „Fick mich", hört sie sich stöhnen, wie immer wahnsinnig vor Ungeduld. „Ich will, dass du mich von hinten nimmst", haucht sie ihm stöhnend ins Ohr und auch Josch atmet nun schwerer. „Oh ja, Baby. Ich werd's dir besorgen", flüstert er in Jennys linkes Ohr während er sie zur Wand dreht und ihren Rock hochschiebt. Er ist so erregt, dass er sich noch nicht mal die Zeit nimmt Jennys Höschen auszuziehen. Er schiebt es einfach beiseite und dringt vorsichtig in sie ein. Jenny stöhnt noch lauter auf und kann sich gerade noch davon abhalten vor Lust laut zu schreien. Joschs Stöße sind langsam und intensiv. Mit beiden Händen stützt sie sich nun leise keuchend an der Wand ab und reckt ihm ihr erregtes Becken mehr und mehr entgegen. Josch ist so tief in ihr wie noch nie und die Erregung so groß, dass Jenny jeden Moment zu explodieren glaubt. Sie feuert ihn geradezu an, schneller und fester zu stoßen. Sie ist so heiß, dass sie kurz davor ist zu kommen.

Jenny spürt, wie die Welle der Explosion immer näher kommt und ihre Muskeln sich nach und nach zusammenziehen. „Ich komme, Josch, oh Gott, ich komme", stöhnt sie kurz vor ihrem Höhepunkt. „Ja Baby, komm", feuert sie ihr Liebster nun an und auch er ist kurz vor seinem Orgasmus. Die Explosion breitet sich in Jennys Körper aus. Heißes Blut rast durch ihre Adern. Sie schreit auf und ein wohliger Schauer überflutet die Explosion. Kurz danach stöhnt auch Josch auf und Jenny spürt die letzten harten Stöße, bevor er sich vollends in ihr ergießt.

Beide verharren, nach Luft ringend, noch einen Moment zusammen und lösen sich sodann voneinander. Jenny grinst Josch zufrieden an und sagt: „Gut, dass ich heute Vormittag die Schlüssel versteckt habe". Er guckt sie einen Moment böse an und erwidert: „Du kleines Biest". Jenny umarmt seinen verschwitzten Körper und küsst ihn zärtlich. „Und eben deswegen liebst du mich doch, gib es zu!" Lachend zieht er sie ins Badezimmer…

* * *

Tom und Tina

Ein unerwarteter Morgen

Tina hatte in letzter Zeit viel Geduld mit mir haben müssen. In den vergangenen Wochen war in der Firma so viel zu tun, dass ich mit meinen Gedanken meist woanders war. Eben nur nicht bei ihr. So hatten wir kaum Zeit für uns. Ich wusste, dass sie Verständnis dafür hatte. Auch diese Zeit ging vorbei und ich freute mich darauf, wieder den Kopf frei zu haben und mich um meine Liebste zu kümmern.

Es war Samstag und noch sehr früh. Die Dämmerung brach herein, aber die Sonne war noch nicht zu sehen. Der Raum war von einem diffusen Licht erfüllt, das nach und nach heller wurde. Ich drehte mich auf die Seite, sah Tina an und gab ihr einen sanften Kuss auf ihre Lippen. Tina kniff kurz die Augen zusammen und machte sie dann auf. Mit ihrem verschlafenen Blick sah sie mich an und nuschelte etwas, was sich wie ein „Guten Morgen" anhörte. „Guten Morgen, mein Schatz", sagte ich und rückte etwas näher an sie heran. Ich legte meine Hand auf ihre Decke in Höhe ihrer Hüfte, rieb meine Nase an ihrer und lächelte sie an. Ich küsste sie nochmal, schob meine Unterlippe sanft zwischen ihre Lippen und saugte ein wenig an ihrer Oberlippe. Meine Hand wanderte langsam die Decke hinauf, bis sie auf ihrem Hals lag und ich mit meinem Daumen ihre Wange streicheln konnte. Ich drehte sie auf den Rücken und beugte mich leicht über sie, um sie weiter zu küssen. Langsam wurde sie wacher und begann meine Küsse zu erwidern. „Haben Sie vor mich zu verführen, mein Herr?", fragte sie neckisch. „Warten Sie einfach ab, was passiert, my lady", erwiderte ich. Ich gab ihr zarte Küsse auf ihre Lippen und schob meine Hand unter die Decke zu ihrem Rücken. Mit meinem Mund wanderte ich an ihren Hals und fing an, ihn mit meinen Lippen und meiner Zunge zu liebkosen. Tina atmete tiefer und legte ihren Kopf zur Seite. Ich schob ihre Decke beiseite und fuhr unter ihr T-Shirt. Ihre warme Haut fühlte sich unbeschreiblich an. Ich spürte, wie ihr Herz pochte. Ihre harten Nippel zeichneten sich an ihrem T-Shirt ab, während ich es ihr auszog. Ihre schönen Brüste zu sehen, ließ auch mein Herz anfangen zu pochen. Meine Lippen glitten langsam ihren Hals entlang und machten bei ihren Brüsten halt. Ich knabberte sanft an ihren Brustwarzen und kreiste mit meiner Zunge um ihre Knospen. Ihr Atem wurde nun von einem leichten Stöhnen begleitet. Meine beiden Hände erkundeten ihren Oberkörper, gefolgt von meinen Lippen die jede Stelle sanft küssten.

Scheinbar hatte ich ihre Lust nun endgültig geweckt. Sie richtete sich auf und drückte mich nach unten rücklings aufs Bett. Ihre Küsse flogen meinen Oberkörper hinab. Sie zog mir meine Hose aus und fing an mein bestes Stück zu küssen. Ich wurde immer geiler und härter. Ich stöhnte und atmete schwer. „Gefällt es dir?", fragte Tina mich. „Oh ja", stöhnte ich. Ihre Lippen umschlossen meine Eichel und ihre Zunge trieb mich fast in den Wahnsinn. Ich merkte, dass ich immer erregter wurde, aber es sollte jetzt noch nicht zu Ende sein. Ich zog sie zu mir rauf und gab ihr einen intensiven Kuss. Ihr Mund war mit meinen Lusttropfen angefüllt. Ich legte sie auf den Rücken und zog ihre Schlafshorts aus. Meine Küsse wanderten über ihren Bauch zu ihren Schenkeln. Immer enger umkreiste ich ihren Kitzler, bis ich ihn schließlich erreicht hatte. Ich küsste ihn erst sanft, dann etwas fester. Ich straffte ihre Haut ein wenig, so dass ihr Kitzler ganz frei lag. Meine Zunge umkreiste ihn langsam, was ihren Körper zum beben brachte. Sie hob ihren Oberkörper und zog die Beine etwas heran. Ihr stöhnen und atmen machte mich nur noch schärfer. Ich fuhr mit meinen Lippen an ihren Schamlippen entlang und saugte leicht an ihnen. Ich liebe es wie sie schmeckt. Meine linke Hand ruhte auf ihrem Venushügel, während ich mit der rechten

Hand zwei Fingern in sie einführte. Während sich meine Finger vor und zurück bewegten, ging mein Kopf langsam wieder an ihr herauf, bis ich sie mit meinen von ihrem Saft benetzten Lippen küssen konnte. Immer wieder mussten wir mit dem Küssen aufhören, damit sie Luft holen konnte. „Oh Tom", brach es aus ihr, vom Stöhnen begleitet, heraus.

Die ersten Sonnenstrahlen erfüllten unser Schlafzimmer als sie ein Bein auf meine Schulter legte. „Komm schon, Tom", sagte sie, „ich halte es nicht mehr aus." Ich tat ihr den Gefallen und drang mit meinem harten Schwanz in sie ein. Wir stöhnten beide auf und ich bewegte mich langsam in ihr hin und her. Sie war so warm und feucht, ein Traum. Sie nahm ihr Bein von meiner Schulter und ich beugte mich weiter nach vorne, um ihr in die Augen sehen zu können. Wir lächelten uns an. Wir waren in einem Sturm der Endorphine. Unsere Herzen pochten gemeinsam und wir bewegten uns wie eine Einheit.

Dann hielt ich kurz inne, legte sie auf den Bauch und schob ein Kissen unter diesen. Ich legte mich über sie und drang wieder in sie ein. Dabei küsste ich ihren Rücken und meine Hand fuhr unter sie. Ich massierte ihre Brüste und mein Oberkörper streichelte ihren

Rücken. Unser Stöhnen wurde lauter. Sie griff immer wieder in die Matratze und schrie, ich solle weitermachen, während ich ihr feste Stöße gab und meine Lenden an ihren Hintern stießen. Ich spürte wie erregt sie war. Mittlerweile stöhnten wir ununterbrochen. Meine Hand glitt hinab zum Kitzler, den ich sodann zu massieren begann. Sie stöhnte noch einmal auf, als ich das tat. „Ich komme gleich", rief sie. Ich bewegte mich schneller in ihr und massierte weiter ihren Kitzler. Auch ich war kurz davor zu kommen. Ich umschlang sie und spürte ihren heißen Körper an meinem. Mein Atem strömte ihren Rücken herab. Ich bemerkte ihre Schweißperlen auf ihrem Steißbein. Dann schloss ich die Augen. Tina stöhnte kräftiger und griff in ein Kissen. Dann rief sie: „Ich komme" und ich merkte wie sich jeder Muskel in ihr zusammenzog. Ihre Bauchmuskeln zogen sich zusammen und sie wurde enger. Dies gab auch mir den Rest und meine ganze Erregung entlud sich in ihr. Ich atmete so schnell wie noch nie und mir wurde schwindelig. Der Schweiß rann mein Gesicht herab und tropfte auf ihren Rücken. Ich bewegte mich nun langsamer in ihr bis ich schlaffer wurde und aus ihr herausglitt. Ich küsste ihren Hals und sie drehte sich auf den Rücken. Wir nahmen uns in den Arm und genossen den verschwitzten Körper des anderen. Unsere Herzen kamen langsam zur Ruhe. Die

Sonnenstrahlen wärmten unsere Haut. Ich sah sie an, strich ihr eine Haarsträhne hinter ihr Ohr und legte meine Stirn an ihre. „Guten Morgen, mein Schatz. Ich liebe dich", sagte ich zu ihr. „Machst du das jetzt jeden Morgen?", fragte sie. Ich grinste.

* * *

Tom und Tina
Leibgericht

Tom ist mein Hauptgewinn. Wir haben uns damals in dem kleinen Fischrestaurant in dem ich gejobbt habe kennengelernt. Er ist groß, hat dunkle Haare, braune Augen, trägt ein lockeres Hemd zur Jeans, gepflegt, selbstsicher. Tom war oft da. Erst später erfuhr ich, dass er nur meinetwegen kam. Irgendwann hat er mich nach Feierabend abgefangen und zu einem Kaffee eingeladen. Er ist Unternehmensberater, aber das ist eigentlich egal. Man kann sich mit ihm toll unterhalten. An diesem Abend gab ich ihm meine Nummer. Das ist jetzt schon ein Jahr her.

Endlich Feierabend. Kaum das ich zur Tür unserer gemeinsamen Wohnung herein-komme, strömen mir herrliche Düfte entgegen. Ich folge ihnen und entdecke Tom in der Küche. Mein Herz macht einen Sprung. Vor mir sehe ich den prächtigsten nackten Männerhintern den ich kenne, denn Tom trägt nichts außer einer Schürze! Er dreht sich zu mir um, gibt mir einen Kuss und sagt: "Hallo mein Schatz". An seinem spitzbübischen Grinsen merke ich, dass er etwas im Schilde führt und ich ahne auch schon was er vorhat.

"Hey, was machst du schönes?", frage ich neugierig und versuche mir nichts anmerken zu lassen. Er macht einen Schritt auf mich zu und ich spüre seinen Atem jetzt an meinem rechten Ohr. "Chinesisch. Dein Lieblingsessen: Gebratene Nudeln mit Hähnchenfleisch", flüstert er mir zu. Ich bekomme sofort eine Gänsehaut. Nicht weil ich so wahnsinnig scharf auf meine Lieblingsspeise bin, sondern weil mein Liebster so 'fast' nackt vor mir steht und seine zärtlichen Küsse auf meinem Hals verteilt. "Dann lass bloß nichts anbrennen", bringe ich mit leicht zitternder Stimme hervor. Er gibt mir einen vorerst letzten Kuss auf meinen Hals, dreht sich zum Herd um und schaltet ihn aus. Ich lehne mich an den Tisch hinter mir und versuche lässig auszusehen.

Dann wendet er sich wieder mir zu, schaut mich an und lässt dabei seine Schürze fallen. Ich ringe um Atem so sehr überrascht mich das. Dann schaltet sich wieder mein Kopf ein und ich grinse frech zurück. "Was du kannst kann ich schon lange", höre ich mich sagen und knöpfe mir spielerisch meine weiße Bluse auf. Er lächelt mich an, greift nach einer Tube Honig, die neben ihm steht und kommt langsam grinsend auf mich zu. Hat er das etwa so bis ins kleinste Detail geplant? Die Tube Honig legt er auf den Tisch hinter mir. Ich lasse die

Bluse auf den Boden sinken. Wir stehen so eng beieinander, dass ich das Gefühl habe seine brennendheiße Haut zu spüren. Er legt seine starken Hände auf meine nackten Schultern und beginnt meine BH-Träger von den Schultern zu küssen. Erst der rechte, Kuss für Kuss, dann der linke. Seine Hände gleiten ganz zärtlich nach hinten zu meinem Rücken und öffnen mit einem Handgriff den Verschluss meines champagnerfarbenen Spitzenbustiers. Der BH fällt zu Boden und offenbart ihm meine wundervollen Brüste. Bei diesem Anblick sehe ich das Funkeln in seinen Augen. Er greift zärtlich aber bestimmt zu und küsst sie. Voller Lust werfe ich meinen Kopf in den Nacken und gebe ein leises Stöhnen von mir. Seine sanften Küsse wandern tiefer, vorbei an meinem Bauchnabel hinunter zu dem Bund meines Rockes. Mit den Fingern fährt er den Rand des Bundes entlang bis zum Reißverschluss, den er langsam öffnet und samt Unterwäsche auszieht.

Er verharrt einen kurzen Moment vor meiner heißen Grotte und voller Erwartung auf das was kommt, spreize ich meine Beine. Seine warmen Hände streicheln zärtlich über meine Innenschenkel. Er nimmt mein linkes Bein und legt es auf seine Schulter. Mit seiner feuchten Zunge gleitet er zu meinem Lustpunkt und verwöhnt mich ausgiebig. Als ich spüre, wie sie ganz langsam in mich eindringt, stöhne ich lustvoll auf. Meine Hand greift in sein volles Haar und zerzaust ihm seine Frisur. Seine Zunge ist so flink und er gleitet jetzt ganz tief in mich hinein. Ich zittere. "Oh Tom", stöhne ich so wahnsinnig erregt. Als hätte er nur darauf gewartet, wandert er küssend wieder zu mir hoch. Als sich unsere Lippen berühren, rechne ich schon fast mit einem Biss. So leidenschaftlich und wild küsst er mich. Wow.

Er greift nach dem Honig hinter mir und grinst mich schon wieder so spitzbübisch an, wie vorhin. Dann öffnet er die Tube und der kalte Honig tropft auf meine nackte Haut über meine linke Brust. Oh, ja. Ich schließe meine Augen und genieße seine Zunge auf meiner warmen Haut, die jeden Tropfen Honig von meiner Brust leckt. Wie automatisiert greife ich blind nach seinem besten Stück. Ertaste aber erst seinen Bauch und wandere dann tiefer zu seiner Erregung. Er ist jetzt hart und steht wie eine Eins. Das macht mich noch mehr an. Tom hat die Tube immer noch in seiner starken Hand und führt sie zu seinem Mund. Er öffnet ihn und lässt den goldenen Saft genüsslich auf seine Zunge fließen. Dann presst er seine honigsüßen Lippen auf meine und ich küsse ihn, wild und gierig. Mmmh. Unsere Zungenspitzen spielen miteinander.

Ich löse mich von Tom, sein bestes Stück immer noch in meiner Hand, nehme ihm die Tube Honig weg und diesmal bin ich es, die so spitzbübisch und frech grinst. Ich knie mich hin und tropfe den süßen goldfarbenen Saft auf seine große Härte. Seine starken großen Hände greifen nach meinem Kopf und ich spüre, wie er vor Erwartung zittert. Ich öffne meinen Mund und nehme genüsslich seine Erektion ganz in mir auf. Ich blicke zu ihm hoch und sein Gesichtsausdruck spricht Bände. Gierig lutsche ich an seinem harten Schwanz und sein Stöhnen erregt mich mehr und mehr. Seine Knie scheinen nachzugeben, denn er krallt sich jetzt am Tisch fest. Oh ja, so liebst du es. Meine Zunge umkreist spielerisch seine empfindliche Eichel und ich sauge schmatzend jeden süßen Lusttropfen von ihm auf. "Oh Gott, Tina, ich komme gleich." Na das hättest du wohl gerne. Ganz langsam lasse ich seine Härte aus meinem Mund gleiten und richte mich auf.

Ich will ihn nur noch küssen und seine Hände überall auf meinem Körper spüren. Zärtlich und leiden-schaftlich zugleich presse ich meine noch vom süßen Saft verschmierten Lippen auf seine. Während ich ihn wild – fast fordernd – küsse, streichle ich immer wieder seine Härte. Ich spüre seine zärtlichen Berührungen auf meinem Po, an meiner Taille, an meinem Bauch, auf meinem Rücken. Seine Hände sind jetzt überall. Oooh jaaa. Er küsst meinen Hals und ich schließe genüsslich meine Augen. Mmmh. Tom greift sanft aber bestimmt nach meinen Pobacken und ich stöhne auf vor Entzückung. Er weiß genau, was mir gefällt. Dann zieht er mich fest an sich und ich spüre seine pulsierende Härte an meinem Venushügel. Mir wird heiß und kalt. Gott, bin ich scharf. Ich genieße diese Lust und mein Verlangen von ihm so richtig genommen zu werden. "Oh Tom, ich bin so heiß auf dich", stöhne ich ihm ins Ohr und lasse dabei seine Hand in meine feuchte, geradezu tropfende Lustgrotte gleiten. Ich spüre sofort zwei Finger, die mich verwöhnen und in mich eindringen. "Oh ja, ich will dich Tom. Los, fick mich!", bringe ich nur noch keuchend hervor. Meine Wortwahl irritiert ihn einen kurzen Moment, denn so kannte er mich bisher noch nicht, aber es macht ihn auch scharf, das sehe ich. Er packt mich und hievt meinen nackten, heißen Körper auf den Küchentisch hinter mir. Ich stütze mich mit meinen Händen hinten ab, schlinge meine langen Beine um ihn und vergehe fast vor Lust, als er langsam aber bestimmt in mich eintaucht und mich ganz ausfüllt. Wir beide stöhnen lustvoll auf, er zieht mich ganz fest an sich und ich halte mich an seinen starken breiten Schultern fest, küsse zärtlich seinen Hals. Wir verharren genießend in diesem Moment. Ich liebe dieses Gefühl, wenn wir beide eins werden und ineinander verschmelzen. Er fängt an mich zu stoßen, erst langsam und vorsichtig, dann steigert er sein Tempo. Mit beiden Händen stütze ich mich wieder am Tisch ab. Oh Gott, ist das geil.

Während wir uns immer heftiger lieben, küsst er meine Brüste und saugt herrlich lustvoll an meinen Brustwarzen. Mmmh. Unser beider Stöhnen wird immer kurzatmiger. Stürmisch und wild pressen sich unsere Lippen aufeinander. Ich beginne zu beben. Tom wird immer schneller. Auch er ist kurz vor seinem Höhepunkt. Ich kralle meine Fingernägel in seinen Rücken, mein Herz rast und ich ziehe ihn ganz eng an mich. "Ich komme", stöhne ich laut auf. Das Blut schießt durch meine Adern und ich explodiere innerlich. Er stößt mich ein letztes Mal und dann zuckt auch er. Mit einem lauten lustvollen Stöhnen entlädt er sich explosionsartig in mir.

Wir liegen uns zitternd im Arm. Unsere verschwitzten Körper sind heiß und er ist immer noch in mir. Seine Erregung erschlafft und gleitet langsam aus meiner

Vulva. Er hält mich ganz fest und ich gebe ihm einen sanften Kuss auf seinen Hals. "Ich liebe Dich, Tom", flüstere ich ihm ins Ohr. Er schaut mich jetzt direkt an, immer noch leicht außer Atem und sagt: "Ich liebe Dich auch."

* * *

Alexander und Aurelia
Die etwas andere Bahnfahrt

Ich sitze in der Bahn, versunken in ein Buch. Wir halten irgendwo und die Frau, die an mein Abteil klopft, reißt mich schlagartig zurück in die Realität. Sie hat herrliche dunkle Locken und zwei Augen, die mir mitten ins Herz zu blicken scheinen.

Aurelias luftiges, weißes knielanges Kleid betont ihre Rundungen perfekt und dazu zieren schöne weiße hochhackige Schuhe ihre Füße. Sie trägt kaum Make-up, nur Wimperntusche und eine leicht rosafarbene Lippenpflege verleiht ihren Lippen diese Sinnlichkeit.

Bereits als sie die Tür öffnet, verschlägt es mir den Atem, denn ihre Beine hatte ich bisher noch gar nicht gesehen. Sie grüßt mich jedoch nur kurz, verstaut selbstbewusst ihr Köfferchen im Gepäcknetz, setzt sich mir schräg gegenüber und schaut etwas verträumt aus dem Fenster, während der Zug anfährt.

Aurelia ist ganz in ihren Gedanken versunken und hört dabei auf ihrem rechten Ohr leise, ruhige und verträumte Klavierklänge. Sie vergisst alles um sich herum und lauscht nur diesen Klängen, die ihr Herz so berühren und traurig stimmen.

Vor lauter Verwirrung hätte ich beinahe begonnen, mein Buch auf dem Kopf weiterzulesen, denn ich muss immer wieder zu ihr herüberschauen. Sie sitzt sehr aufrecht in ihrem Sitz und meine Augen streicheln ihre süßen Kurven.

Sie sitzt da, so verträumt, schaut aus dem Fenster und bewundert die Momente an denen sie vorbei rast. Der Gedanke an den Ort, an dem sie sich befindet, die Bahn, reißt sie zurück ins Hier und Jetzt, denn sie merkt, dass sie nicht allein ist.

Sie schaut zu dem Mann ihr gegenüber, schenkt ihm ein höfliches Lächeln und er lässt vor Schreck sein Buch fallen, lächelt aber frech zurück. Er bückt sich, um das Buch wieder aufzuheben und verharrt mit einem sanften Blick einen Augenblick länger als höflich auf ihren Beinen, die sie kokett übereinander geschlagen hat. Sie muss etwas lachen, errötet ein wenig, aber ihr Blick ruht sanft auf ihm. "Ist das Buch so spannend, das es Ihnen aus der Hand fällt?" fragt sie frech. Ihre sanfte angenehme Stimme erfüllt den Raum.

Alexander schaut zu ihr auf und sagt: "Bücher sind oft spannend, aber die wirklich aufregenden Dinge geschehen im wirklichen Leben!" - und streift beim aufstehen mit seinem Handrücken wie zufällig ihr Bein. Seine ‚zufällige' Berührung elektrisiert sie. ‚Ja, und wie aufregend dieser Moment im wirklichen Leben gerade ist!', denkt sie sich. "Tatsächlich?" Sie lächelt erneut und sieht ihn an. Einen Augenblick zu lang. Sie kann den Blick einfach nicht von ihm abwenden.

Nach ihrer Antwort spitzt sie frech ihre Lippen und schaut ihm mitten in die Augen. Aurelia beugt sich wenige Zentimeter zu ihm vor und er erwischt sich dabei, wie er aus den Augenwinkeln einen Blick in ihr entzückendes Dekolleté wirft. "Ja, manchmal sogar bei der Bahnfahrt! Und auch Sie scheinen ja durch den Blick auf die vorbeirasende Welt Inspirationen zu ziehen!", erwidert Alexander.

"Sie scheinen mich ja sehr gut beobachtet zu haben", antwortet sie frech und grinst ebenso. Sie schaltet die Musik in ihrem rechten Ohr ab und verstaut die Sachen in ihrer weißen Handtasche links von ihr. Sie reicht dem Mann ihr gegenüber, welcher sie so fasziniert anschaut, die Hand und stellt sich vor "Aurelia".

"Wenn etwas Außergewöhnliches wahrnehmbar wird, sollte man es genießen, oder?" Er ergreift die Hand, sagt leise, "Angenehm, Alexander...", grinst ob der Alliteration und gibt ihr einen Kuss auf den Handrücken, jedoch nicht nur angedeutet, sondern frech direkt auf die Hand.

Bei dem frechen Handkuss des Mannes erstarrt sie erneut einen Moment. Diese Spannung. Elektrisierend. Wow, Gänsehaut. Der Kuss war nicht nur angedeutet, wie sie es erwartet hatte, als er ihre Hand seinem Mund näherte, nein, er hat sie geküsst. Ganz frech und gierig nach mehr. Seine Augen, seine Lippen, seine Art. "Jede Sekunde davon, ja ...", antwortet sie ihm und entzieht ihm nicht seine Hand, wie sie es eigentlich wollte und bei jedem anderen getan hätte.

Alexander spürt ein kaum wahrnehmbares Zucken in ihrer Hand und dennoch zieht sie sie nicht weg. Nach wie vor hält er ihre Fingerspitzen in seiner Hand, aber seine Lippen wandern über ihr Handgelenk, Kuss für Kuss über ihren Unterarm. Er zieht sie sanft auf den Sitz neben sich und erreicht küssend ihre Schulter.

Aurelia wird heiß und kalt zugleich. Seine Küsse auf ihrer Haut. Mehr wünscht sie sich in diesem Moment nicht. Je mehr er ihr schenkt, desto süchtiger wird sie nach diesen. Sie nimmt sein Gesicht in ihre Hand und sieht in seine Augen. So tief, bis tief hinein in seine Seele und küsst ihn. Leidenschaftlich und nach mehr zehrend. Viel mehr. Während sie sich küssen setzt sie sich auf seinen Schoß. Was für eine gute Idee es doch war heute endlich mal wieder ein luftiges Kleid anzuziehen, denkt sie sich.

Alexander genießt ihre süßen Küsse, liebt ihren Geschmack, ihre zarte Wildheit und drückt sie ganz nah an sich, diese fremde Frau, die Aurelia heißt, die er sich vor einer halben Stunde noch nicht zu erträumen hoffte und die sich jetzt ganz nah und eng auf seinen Schoß schmiegt.

Seine Küsse schmecken so unbeschreiblich gut. Und wie er sie eng an sich drückt, während er sie so unglaublich küsst. Ein fremder Mann. So geheimnisvoll. Den sie kaum kennt. Der ihr aber ein Gefühl gibt, welches sie vorher nicht kannte. Sie sitzt auf seinem Schoß und weiß genau was sie will - ihn. Mit Leib und Seele. Sie löst ihre Lippen von seinen und widmet sich seinem Hals. Liebkost ihn zärtlich und wild zugleich. Mmmh, wie er riecht.

Als er ihre Lippen an seinem Hals spürt, rechnet er jeden Augenblick mit einem Biss, so leidenschaftlich sind ihre Küsse. Langsam knöpft sie sein Hemd auf und auch er streicht ihr mit seinen Fingern sanft die Träger ihres Kleides von der Schulter.

Seine Hände auf ihrer nackten Haut, jagen ihr einen kalten Schauer über den Rücken, so sehr will sie sich ihm hingeben. Alles in ihr brodelt vor Lust. Ihre und seine Küsse werden immer fordernder. Beide entledigen des anderen seiner Kleidung. Sein Hemd offen. Ihr Kleid bis zur Taille heruntergezogen. Seine gierigen und frechen Hände gleiten über ihren weißen Spitzen-BH, seine zärtlichen Finger lösen die Träger und den Verschluss und präsentieren ihre wunderschönen Brüste.

Alexander verharrt fast andächtig bei dem entzückenden Anblick. Die Beine der schwarz-weißen Lady sind um ihn geschlungen, ihre Brüste direkt vor seinen Lippen. Er greift zärtlich aber bestimmt nach ihrem Busen und spürt, wie sich vor Wonne ihr süßer Po an seinem Schoß zu reiben beginnt.

Sie wirft bei seiner zärtlichen, aber bestimmten Berührung nach ihren Brüsten leicht den Kopf in den

Nacken und beißt sich auf die Unterlippe. Vor Lust bewegt sie sich auf seinem Schoß hin und her. Lange wird es nicht mehr dauern, bis es sehr eng in seiner Hose wird, aber darüber macht sie sich noch keine Gedanken. Sie genießt seine Leidenschaft, seine Berührungen und Küsse auf ihrer nackten Haut.

Er spürt, wie sich ihre Beine fester um ihn klammern. Seine Hände wandern über ihre Knie hinab zu ihren Waden und seine Augen verschlingen den Anblick, den die hochhackigen Schuhe ihm bieten. Alexanders Finger spielen mit ihren Zehen und wandern anschließend wieder hinauf zu ihrer Taille, die er umfasst und ihre Bewegungen verstärkt.

Aurelia zieht ihn an sich. Ganz nah. Will seine Haut auf ihrer spüren. Will ihn küssen, wild und fordernd. Die Gedanken in ihrem Kopf drehen sich plötzlich - 'Was wenn jetzt jemand hineinkommt?' - rücken aber sehr schnell wieder in weite Ferne, denn dieser Reiz gefällt ihr. Gefällt auch ihm.

Der Gedanke, dass zwar das Rattern der Waggons ihr Treiben übertönt, aber jeden Augenblick jemand durch den Gang laufen könnte, macht ihn nur noch hungriger. Ihren warmen Oberkörper direkt auf seiner Haut zu spüren berührt ihn tief. Seine Fingerspitzen streichen gleichzeitig über die Innenseiten ihrer Oberschenkel, fahren um ihre Taille und führen seine großen Hände auf ihren Po, den sie fest umschließen.

Seine Hände auf ihrem Po gefallen ihr sehr und erregen sie noch mehr. Beide ringen nach Luft, denn die Lust scheint sie gleich völlig zu überwältigen. Sie will noch weiter gehen, noch mehr einfordern. Jeden Zentimeter seiner Haut entdecken und mit Küssen übersähen.

Alexanders Hände wandern über ihren Po, spüren dem zarten Stoff nach, den seine Fingerspitzen berühren. Ein Hauch von nichts, aber ihr Höschen fühlt sich entzückend an. Er spürt Spitze und sanfte Transparenz. Zwei Dinge, die seine Erregung noch stärker wachsen lassen, was sie inzwischen auch deutlich spüren sollte.

Seine Finger unter ihrem Kleid. Das Höschen, ein Traum aus Spitze. Seine Entdeckung scheint ihm zu gefallen, denn sie fühlt, wie sich unter ihr etwas stark aufbaut und versucht sich den Weg nach draußen zu bahnen. Sie rutscht ein wenig von ihm weg, aber nur um eine Stelle zu streicheln, an welche sie zuvor ihren Po geschmiegt hatte. Er ist hart. Und sie ist bereit.

Als sie von ihm wegrutscht, erhascht er einen kurzen Blick auf ihr Höschen. Wie auch der Rest an ihrer Kleidung ist es weiß - unschuldig weiß. Ihre Hände auf seiner Erektion schmeicheln und streicheln über den gespannten Stoff, er genießt die spitzbübische Freude in ihren Augen, während sie ihm langsam die Hose öffnet.

Als sie endlich die Hose geöffnet und sich ihren Weg gebahnt hat, springt er ihr geradezu entgegen. Voller Wonne pulsiert er in ihrer Hand. Sie beißt sich erneut auf die Unterlippe und beginnt ihn zu massieren. Dann hält sie ihn fest in ihrer Hand. Sie will ihn spüren. Jetzt. Sie sieht ihm in die Augen, rückt wieder näher, hebt ihr Becken, schiebt ihr Höschen zur Seite und nimmt ihn in sich auf. Ein "Uuhm" entfährt ihr und auch er stöhnt bei diesem unglaublich überwältigenden Gefühl auf.

Wie man jetzt entdecken kann, ist ihr Höschen schon seit längerem nicht mehr trocken. Atemlos sieht er ihr zu, wie sie sich seine pralle Härte an ihrem Höschen vorbei ganz vorsichtig einführt. Voller Lust erlebt Alexander den Augenblick des Eintauchens und Zueinanderfindens. Das Ineinander-gleiten. Eng und sanft zugleich. Heiß und nass. Langsam beginnt er sich in ihr zu bewegen und dringt mit jeder Bewegung ein Stück weiter in sie ein.

Dieser Augenblick, wenn er in seiner vollen Länge in sie eindringt, dieses Gefühl, das sie verbindet, beide miteinander verschmelzen lässt, genau dieses Gefühl raubt ihr den Atem und sogleich den Verstand. Sie will diesen Moment am liebsten einfangen, sich nicht mehr bewegen, aber das kann sie nicht, denn er kann es ebenso wenig. Sie beginnt sich langsam zu bewegen und ihn mehr und mehr in sich aufzunehmen. Er pulsiert in ihr und sie spürt seine Härte. Sie ist so wahnsinnig erregt, dass sie allem freien Lauf lässt. Kein Stöhnen hält sie zurück. Er soll wissen, wie süchtig jeder Kuss, den er ihr gegeben hat, sie auf mehr gemacht hat. Mehr von ihm.

Alexander genießt die Reibung, die entsteht, wenn sich ihre Lust ineinander bewegt und liebkost ihren Körper, während sie ihm immer wieder zeigt, wie sehr sie es genießt, ihn in sich zu spüren. Er würde sie am liebsten packen und im Innern ihrer beider selbst miteinander verschwinden. Nur zwei Seelen in Lust vereint. Jetzt hebt er sie an und führt sie zitternd zum Fenster, zieht ihr das Kleid komplett über den Kopf und lehnt sie sanft über das kleine Tischchen. Ihre Hände stützen sich am

Glas ab, er stellt sich hinter sie und zieht ihr langsam das Höschen vom Hintern, bis es einfach zu Boden fällt.

Als er sie zitternd und voller Lust zum Fenster führt und sie an das kleine Tischchen lehnt, er sie ihrer Kleider endlich entledigt, ist Aurelia voller Erwartung auf das erneute Eintauchen. Sie sieht das Begehren in seinen Augen und dieses Gefühl ist unbeschreiblich. Er will sie, genauso wie sie ihn. Hier und Jetzt. Atemlos presst sie ihre weiche, nackte Haut an seine und flüstert ihm "Ich will Dich!" ins Ohr und küsst ihn. Sie vergeht vor Lust nach ihm. Wie er küsst, schmeckt, riecht und sich nach ihr verzehrt. Sie ist süchtig - süchtig nach IHM.

Alexander liebt es, wie sie so nackt vor ihm steht, das dunkle Haar fällt ihr über den Rücken, die hochhackigen Schuhe geben ihrer Haltung eine zusätzliche Eleganz, denn sie heben ihren süßen Po hervor, den sie ihm voller Erwartung entgegenstreckt und geben ihren Beinen eine erwartungsvolle Energie. Er küsst ihren Rücken, ihre Pobacken. Aurelias Beine sind voller Erwartung leicht gespreizt, so dass seine Zunge auch ihr nasses Geheimnis erkundet.

"Ooh" entfährt es ihr erneut, als seine Zunge sich den Weg zu ihr bahnt. Sie ist so feucht und er so flink mit seiner Zunge. Er verwöhnt sie und 'er macht es genau richtig' geht es ihr durch den Kopf. War sie jemals so voller Lust? So wahnsinnig erregt? Sie weiß es nicht und es ist egal, denn er ist hier und er ist real. "Oh Gott, nimm mich", stöhnt sie ihm zu. Wann befreit er sie endlich von ihrer Lust?

Voller Erregung drückt sie sanft ihr süßes Geheimnis seiner Zunge entgegen. Sie schmeckt süß und verführerisch, betörend und exotisch zugleich, doch so langsam hält auch er es nicht mehr aus. Er will sie, er will wieder in ihr sein. Ihr zeigen, wie sehr sie ihn erregt und darum beugt er sie sanft noch ein Stück nach vorn und nähert sich ihr, schaut genau zu, wie sie sich ihm entgegen reckt. Er nimmt seinen Schwanz in die Hand und dringt direkt, aber vorsichtig in sie ein.

Sie begehrt ihn - mit Haut und Haar und auch ihm geht es nicht anders, das spürt sie und das beflügelt sie. Ganz voller Erwartung drückt sie sich ihm entgegen, lässt seine Zunge gewähren. In diese geheimnisvolle sanft-glatte Zone. Sein Stöhnen verrät, dass er diese Erwartung ebenfalls nicht mehr lange zurückhalten kann, beugt sie etwas nach vorn und nähert sich ihr endlich. Sie kann nicht anders, als ihm ihren wohlgeformten Po entgegenzustrecken, ihn eintauchen zu lassen in das schönste Gefühl aller Gefühle - das Ineinander verschmelzen. Als er wieder in sie eindringt, stöhnt sie erneut auf. Ein befreiendes Stöhnen. Ein erregendes Stöhnen.

Er packt ihre Taille und beginnt sie im Takt der ratternden Räder zu stoßen. Es dauert einen Augenblick, bis sich ihre Rhythmen vereinen, aber sie saugt ihn immer tiefer in sich auf. Alexander sieht ihre bei jedem Stoß schwingenden Brüste. Er liebt diesen fremden und doch so vertraut scheinenden Körper. Diese Frau, die sich wie eine Fata Morgana in sein Bewusstsein gezaubert hat.

Sie will endlich von dieser Lust befreit werden. Von ihm genommen werden. Sie hält es kaum aus. Endlich. Er packt sie an der Taille und beginnt sie zu nehmen. Sie und ihn von dieser überwältigenden Lust zu befreien. Diese Lust, die beide in dem Moment gepackt hat, als sich ihre Blicke das erste Mal trafen.

Er spürt ihre wilde Zärtlichkeit in ihren Bewegungen und lässt es zu, dass sie ihn zum Höhepunkt treibt. Ihre Bewegungen und die Nähe dieses Augenblicks, lassen etwas in ihm explodieren, dass er so nicht kannte, ein aufregendes Abenteuer breitete sich innerhalb weniger

Sekunden in all seinen Adern und Zellen aus, überfällt seine Sinne und ergreift seine Emotionen und Wahrnehmungen. Mit einem göttlichen Zucken und Blitzen in den Augen spritzt er all seine Lust in sie und genießt das Gefühl, dass es ihr ebenso zu gehen scheint.

Aurelias Körper bebt. Alexanders Bewegungen werden schneller und fester. Sie lässt sich fallen und ihr Körper beginnt zu zucken und sie innerlich zu explodieren. Das heiße brodelnde Blut schießt durch ihre Adern und sie kommt das erste Mal in ihrem Leben zum Höhepunkt. Einem göttlichen Höhepunkt. Sein Körper zuckt auch sodann und sein lautes befreiendes Stöhnen entlädt sich in der Luft und er in ihr. Er füllt sie aus und sie genießt dieses Gefühl, welches er ihr schenkt.

Sie sinken glücklich bebend auf den Sitz des Zuges und halten sich fest im Arm. Aurelia legt zärtlich ihre Hand auf seine rechte Wange, schaut ihn liebevoll an und gibt ihm einen sanften Kuss auf seine wundervollen Lippen.

Nur schwer kann er unterscheiden, ist es der Rhythmus des Zuges oder sein Herz, das noch immer wie wild schlägt?

Sie liegt in seinen Armen und ihr Herz rast wie verrückt. Wie sehr wünscht sie sich, dieser Moment möge nie enden.

* * *

Sascha und Sara
Süße Belohnung

Sascha zum Shoppen zu überreden war doch nicht so schwierig, wie ich es mir anfangs vorgestellt hatte. Sicher, er war von meiner Idee nicht sehr angetan, stundenlang mit mir die Läden auf den Kopf zu stellen um was Schönes für die Hochzeit seines Bruders zu finden. Aber als ich ihm sagte, dass ich auch noch neue Unterwäsche bräuchte, sah ich sofort das Funkeln in seinen Augen. Bis zur Hochzeit waren es nur noch drei Wochen und ich wollte schließlich umwerfend aussehen.

Nach fünf langen Stunden Einkaufen war Sascha endgültig mit seinen Nerven am Ende. „Schatz, können wir jetzt ENDLICH nach Hause fahren?!"

Er hat sich wirklich tapfer geschlagen und dafür wollte ich ihn würdig entlohnen. Ich schmunzelte und sagte: „Liebling, ein letztes Geschäft noch und dann können wir Heim. Versprochen. Ich brauche doch noch neue Unterwäsche." Ich gab ihm einen flüchtigen Kuss auf die Lippen und zwinkerte ihm zu. Bei meinen letzten Worten funkelten seine müden Augen ein wenig auf.

Oh je, die fünf Stunden waren wohl doch ein wenig zu viel für ihn.

Ich zog ihn ins nächste Unterwäschengeschäft und schaute nach einem schönen schwarzen Spitzenset aus Bustier und Tanga. Sascha stand ein wenig unbeholfen im Laden und schaute sich dann auch etwas um. Ich wurde schnell fündig und fand zusätzlich das gleiche Spitzenset in Rot. „Wow, sexy", hörte ich Sascha an meinem Ohr flüstern, während er mich von hinten umarmte. „Ich würd dich gern in dem roten Spitzenset sehen."

Ich verschwand augenzwinkernd in der Umkleidekabine. Sascha wartete artig vor der Kabine auf mich, konnte aber vor Neugier doch nicht stillstehen und lugte durch den Vorhang, um vielleicht einen Blick von mir in der roten Spitzenunterwäsche zu erhaschen. Als er mich erblickte, wurden seine Augen groß. „Und, gefalle ich dir?", fragte ich unschuldig. Ohne seine Antwort abzuwarten, zog ich ihn in die Umkleidekabine und damit ganz nah an mich heran. Mein Herz raste. Ich spürte seinen Atem auf meiner Haut und seine Hände auf meiner Taille. „Du weißt genau, womit du mir meine Sinne raubst. Die Reaktion, die dein süßer Po gerade bei mir hervorruft, ist ein kleines großes Kompliment. Und dein unglaublicher roter Kussmund...". Sascha war bei meinem Anblick sichtlich erregt und ich vergaß, wo wir uns befanden. Ich fing an ihn auszuziehen. Erst seine Jacke, dann seinen Pullover, sein T-Shirt. Ich war wie in einem Wahn. Plötzlich breitete sich diese Lust in mir aus. Ich zog seine Jeans samt Shorts herunter und presste meine weiche Haut an seine. Er nahm mein Gesicht in beide Hände und begann mich leidenschaftlich zu küssen. Für einen kurzen Augenblick fiel mir ein, wo wir eigentlich waren und der Reiz erwischt zu werden törnte mich noch mehr an. Ich spürte Saschas Hände überall an meinem Körper. An meinen Brüsten, Nippeln, am Rücken, am Po. Seine Fingerspitzen wanderten streichelnd immer tiefer meinen Körper hinab. An meiner Lustgrotte angekommen, dirigierte er mich meine Beine zu spreizen, damit er mit seinen Fingern in mich eindringen konnte. Als seine kalten Finger in mich eintauchten, hätte ich am liebsten laut gestöhnt. Ich liebe es, wenn er mich so verwöhnt und noch vielmehr, wenn er seine Zunge dazu nimmt. Kaum, dass ich diesen Gedanken zu Ende gedacht hatte, ging Sascha in die Knie und nahm seine Zunge zur Hilfe. Mein Po drückte gegen die kalte Wand der Umkleidekabine und meine Hände vergruben sich in Saschas kurzem Haar. Gott, dieser Kerl wusste, wie man eine Frau so richtig verwöhnte. Ich genoss sein Verwöhnprogramm sichtlich, doch bevor ich kommen konnte hörte Sascha auf. Er spielte gern mit meiner Lust.

„Ich will dich ficken, Kleines. Hier und jetzt", keuchte er während er mich gierig küsste. Er nahm mein rechtes Bein und hob es hoch. Schlang es um seinen Körper, schob den roten Spitzentanga zur Seite und drang mit seiner prallen Härte fest in mich ein. Ich unterdrückte im letzten Moment meinen Aufschrei und biss mir vor Geilheit auf die Unterlippe bis sie fast blutete.

Ich war froh, dass die Umkleidekabinen sich eher im hinteren Bereich des Geschäfts befanden, so war die Gefahr gehört und erwischt zu werden nicht so groß.

Sascha fing an mich zu stoßen. Langsam aber hart. Ich verging fast vor Lust. Meine Lust stieg von jetzt auf gleich ins Unermessliche, so dass ich den Höhepunkt kaum noch erwarten konnte. Sascha sollte mich endlich in Ekstase vögeln. „Ja, fick mich! Schneller", keuchte ich halb stöhnend vor Erregung. Er nahm mich härter und schneller. Oh Gott war das geil. Ich liebte diesen Kerl. Nur er konnte es mir so richtig besorgen.

Mein Höhepunkt war nicht mehr weit und plötzlich stoppte mein Liebster mitten im Akt. Er glitt langsam aus mir heraus. „Dreh dich um", flüsterte er atemlos in mein linkes Ohr. „Ich will dich von hinten nehmen." Ich grinste frech und wandte ihm meinen Rücken und damit meinen prallen Hintern zu. Diesmal nahm er sich sogar die Zeit mir meinen roten nassen Spitzentanga auszuziehen. Dieser Schuft! Ich stand da, so erregt wie noch nie und er zieht mir in aller Ruhe den Tanga aus?! Der muss Nerven haben, dachte ich mir. „Los, nimm mich endlich", drängte ich ihn und streckte ihm meinen Po entgegen. „Warum so ungeduldig, Kleines?" Sascha trat ganz nah an mich heran und ich spürte seine feuchte Härte an meinem Hintern. Seine Hände streichelten über meinen Rücken. Der Verschluss meines roten Spitzenbustiers öffnete sich mit einem Handgriff von ihm und ich ließ ihn zu Boden fallen. Sascha nahm sein bestes Stück in die Hand und führte seinen Schwanz ganz langsam von hinten in mich ein. Ich stützte mich mit beiden Händen an der Wand ab, während Sascha immer tiefer in mich eindrang.

Seine Hände wanderten zu meinen Brüsten und umfassten sie erst bestimmt und kneteten sie dann leicht. Ich konnte mein Stöhnen kaum noch zurückhalten. Diese Stellung war so intensiv für uns beide, dass der Höhepunkt nicht weit war, wenn Sascha erst anfangen würde mich zu stoßen. Doch er verharrte und genoss diese heisse Lust und das wohlige Gefühl in mir zu sein. Seine Hände wanderten zu meiner Taille und umfassten sie. Endlich begann er mich zu stoßen. Erst vorsichtig, dann bestimmter und fester. „Oh ja", stöhnte ich voller Erwartung, auf das was gleich kommen würde.

Sascha wurde immer schneller und fester. Ich konnte nicht mehr. Das Blut brodelte in meinem Körper. Die Ekstase stieg in mir auf, wie die Lava in einem Vulkan. Ich war kurz davor zu kommen. „Ja, weiter. Ich komme gleich", stöhnte ich atemlos. „Gott Sara, du bist so heiß", keuchte auch Sascha sichtlich außer Atem.
Das Klatschen unserer Körper konnte man nicht überhören. Sicher wusste bereits der ganze Laden was hier los war.

Wie eine Flutwelle breitete sich die Explosion in meinem Körper aus und ich stöhnte vor Erleichterung auf. Sascha gab mir die letzten kräftigen Stöße und entlud sich nun vollends in mir. Wir sackten erschöpft zusammen und Sascha flüsterte: „Also wir nehmen auf jeden Fall das rote Spitzenset. Viel Spaß beim Bezahlen an der Kasse, meine Liebste." Er küsste zärtlich meinen

Nacken und auch ohne sein Gesicht zu sehen, wusste ich, dass er gerade bis über beide Ohren spitzbübisch grinst. Ihn schien dieser Gedanke sehr zu amüsieren.

Ich stand an der Kasse und die rote Spitzenunterwäsche lag auf der Theke. Die Verkäuferin schaute mich argwöhnisch an. Ich wollte souverän wirken, doch leider nahm mein Gesicht sehr schnell die Farbe der Spitzenunterwäsche auf der Theke an.

Ich hasste es. Bei jeder Gelegenheit errötete ich und dagegen konnte ich mich einfach nicht wehren. Ich bezahlte mit hochrotem Kopf und verschwand so schnell ich konnte mit Sascha aus dem Laden.

Draußen prustete Sascha los. „Schatz, das war die beste Shoppingtour die ich je mit dir hatte". Ich schaute ihn von der Seite an und konnte nicht anders als ebenfalls zu lachen.

* * *

Er

Sie kommt zur Tür rein, schmeißt nur noch ihre Tasche in die Ecke und ich weiß genau: Es ist Zeit ihr ein Bad einzulassen, ihren Lieblingssekt kaltzustellen und Kerzen anzuzünden. Sicherlich, das merke ich nicht nur an ihrem Gang, sondern auch an ihrer Art ihre Tasche in die Ecke zu schleudern, braucht sie jetzt erst einmal zwei Minuten für sich. Gut, denke ich mir, das wäre vielleicht der Plan gewesen, aber so wirklich ertragen kann ich es nicht, sie da so entnervt auf der Couch sitzen zu sehen. Ich nehme sie in den Arm, drücke sie fest an mich und sage ihr, dass sie nun endlich Feierabend hat und ich jetzt ihre ganze Aufmerksamkeit für mich allein beanspruche. Sie lächelt wieder und drückt mich noch fester an sich. In diesem Moment weiß ich wieder einmal genau, warum ich gerade mit dieser Frau zusammen bin. Sie fühlt sich nicht nur gut an, sie riecht auch noch unglaublich anziehend und ihr Lachen ist einfach ansteckend schön. Nun soll sie aber erst einmal Luft holen, während ich in der Küche verschwinde. […]

Danksagung

Ich danke allen, die mich immer wieder dazu ermutigt haben dieses Buch tatsächlich zu veröffentlichen.

Und ein Dank geht an Sie, lieber Leser, dass Sie mir die Möglichkeit gegeben haben, Ihnen von meinen Träumen, Wünschen und Fantasien zu erzählen.

Ich hoffe, es hat Ihnen gefallen.

Ihre Liz de Fleur

Herstellung und Verlag:
BoD - Books on Demand, Norderstedt
ISBN 978-3-7431-4079-0